Kwallen Knuffels is het eerste boek in
de Below H$_2$O Book Series

Geschreven door Bessie Schenk

below H₂O

sea-mingly simple tales for kids

Colofon

Kwallen Knuffels ©
A Below H2O Series Book ©
A Division of Happy Forward BV
Copyright © by Bessie Schenk

Tekst & Illustraties: DTP-hulp.nl
Author & Illustrator photos by:
Paco van Leeuwen Photography

Vormgeving: DTP-hulp.nl
Eerste druk: Mei, 2024
ISBN: 9789083414423
NUR: 273

Gepubliseerd in Nederland
Eerste druk in Polen
Handelsmerk van de serie is in behandeling

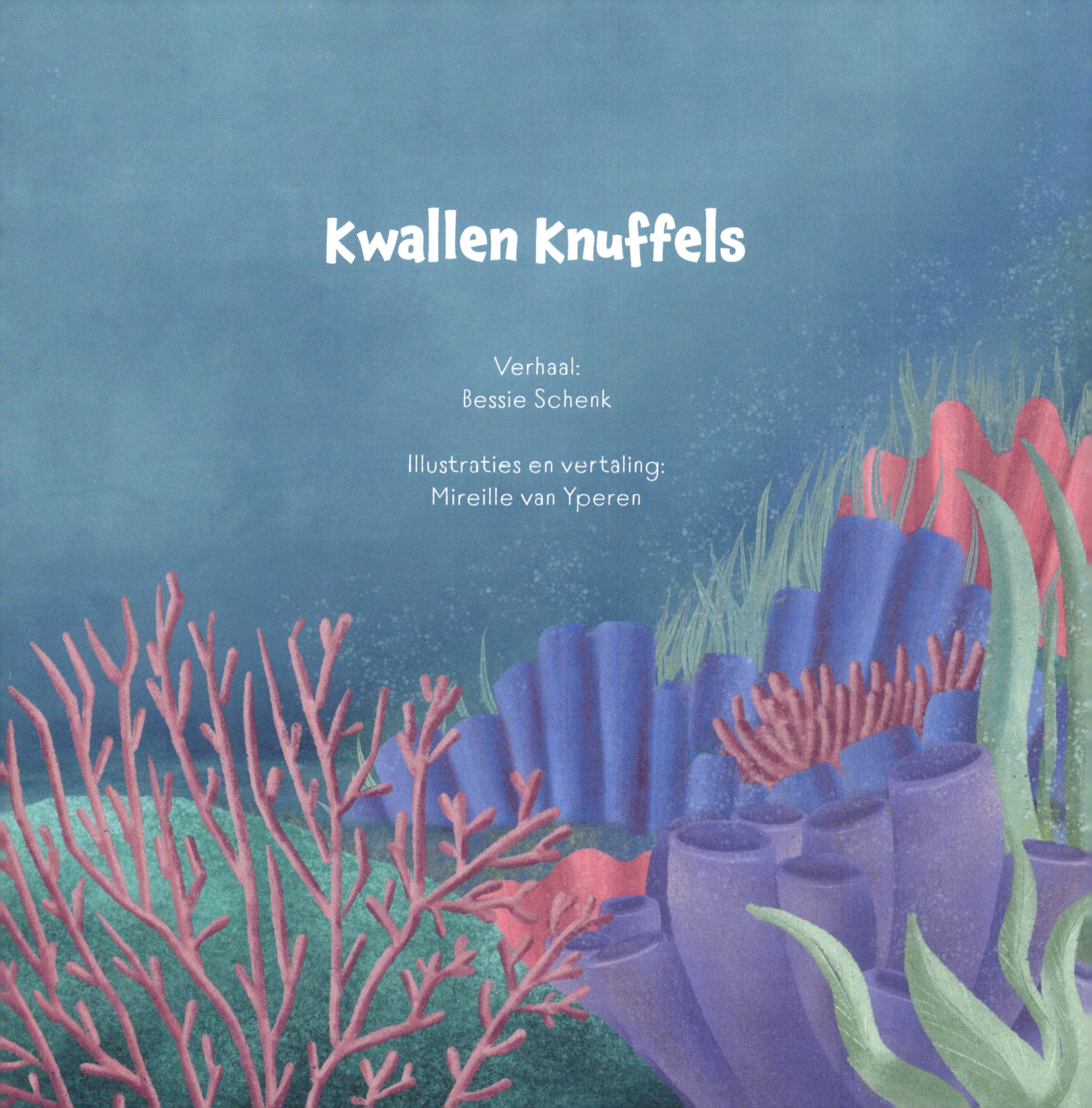

Kwallen Knuffels

Verhaal:
Bessie Schenk

Illustraties en vertaling:
Mireille van Yperen

Opgedragen aan Arya, Roberto, Adrienne.
Maar ook aan mijn vader, Han, die mij elke dag
eraan herinnert dat vriendelijk zijn altijd de
beste manier van communiceren is.

Ik ben een kwal.

Laat je niet misleiden door de mooie hoed.
Ik ben inderdaad één van die spannende
onderwaterwezens die je in de oceaan
ziet rondzweven.

En ja, het is waar, ik kan steken.
Zucht... het is niet iets waar ik
bijzonder trots op ben,
maar ik doe dat uit
bescherming.

Neem me niet kwalijk, wij hebben
moeite met vertrouwen.
Dit is voor mij vooral een uitdaging.

Kijk, hier gaat het om, ik kan er gewoon niet tegen om iemand verdrietig te zien. Gewoon nooit. Het probleem is, dat wanneer iemand verdrietig is, ik een onbedwingbare drang krijg om... zucht, wacht even...

TE KNUFFELEN!!

Dit lijkt misschien voor jou, die dit leest, geen groot probleem, omdat je waarschijnlijk die magische dingen hebt die armen worden genoemd. Maar ik heb al deze tentakels. En alsof dat niet genoeg is, heb ik ook nog eens twee extra ellendig lange tentakels.

Yep, ik ben absoluut
een boefje.

Wedden dat je het niet eens hebt
gemerkt? Zonder dat je het door hebt
gehad, zijn ze van de pagina geslopen
om je in een grote slijmerige greep te
wikkelen.

Ze zorgen voor problemen.

Atijd.

Ik heb alles al geprobeerd
om het probleem op
te lossen.

Ik heb geprobeerd ze bij elkaar te binden in een strikje.
Nope.

Ik heb geprobeerd ze in dezelfde kleur als de bodem van de zee te verven.
Nope.

Ik heb zelfs geprobeerd schoenen aan te trekken om iedereen af te leiden zodat ze denken dat ik een krab ben.
Nope.

Voor de goede orde: krabben hebben
ook niet de beste reputatie.

Maar voor mij is het probleem dat zodra
iemand huilt of zich verdrietig voelt,
deze twee extra lange wiebelaars
een eigen mening lijken te hebben.

En vandaag is het maandag, dat
betekent dat het een schooldag is.
Zucht. GROTE zucht.

Ik probeerde er onderuit te
komen door te doen alsof ik
last had van zeebenen, maar
mijn vader geloofde het
niet.

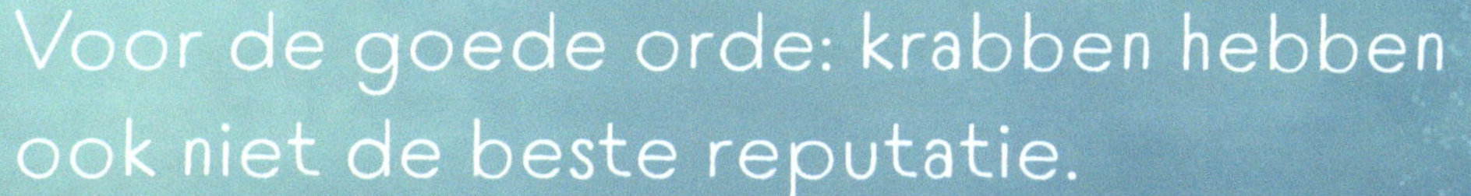

ABCDEF
GHIJKL
MNO
PQRS
TUV
WX
Y
Z

Dus nu zit ik hier, op de achterste rij en probeer geen aandacht te trekken, als plotseling de tafels beginnen te trillen.

Iedereen is in paniek! Ik hoor mijn leraar tegen mijn klasgenoten roepen dat ze in de grot moeten schuilen, maar ze zijn zo bang dat ze alle kanten op zwemmen.

Zonder erbij na te denken vliegen mijn extra lange tentakel 1 en 2 naar mijn klasgenootjes.

Met een flinke zwaai hebben ze één voor één
al mijn klasgenoten verzameld in een gigantische
KNUFFEL! - zelfs de kogelvis (die op dit moment
ernstige drijf problemen heeft).

Het lijkt erop dat al mijn vrienden nog steeds
bang zijn, maar langzaam en gestaag heeft mijn
superduper-megaknuffel ons allemaal veilig in
de grot getrokken.

Na wat een eeuwigheid lijkt, stopt
het trillen. Het stof begint te
zakken. Ik kan het mosselbord en
de schelpentafels weer zien.

Het klaslokaal is
een complete chaos.

Dan hoor ik mijn leraar vragen:

Is er iemand gewond?

Hoe zijn jullie allemaal
in de grot gekomen?

Nerveus, trek ik langzaam
mijn tentakels terug.

Maar niet snel genoeg. Zonder enige waarschuwing draait elke vin, schelp en staart naar mij toe.

Er is geen enkel geluid - gewoon heel veel geknipper.

Oh!
Ik word zenuwachtig.

Maar dan gebeurt het!

Iedereen zwemt snel naar mij toe,
ze beginnen me te bedanken en...

...dan knuffelen ze mij.
MIJ!

Ik kan het niet geloven.

Hmmm...misschien is vanaf nu
de maandag zo slecht nog niet.

Ga naar <u>BelowH2OBooks.com/fun_and_games</u>
en download de gratis spelletjes